오래오래오래

이 도서의 국립중앙도서관 출판예정도서목록(CIP)은 서지정보유통지원시스템 홈페이지(http://seoji.nl.go.kr)와 국가자료종합목록 구축시스템(http://kolis-net.nl.go.kr)에서 이용하실 수 있습니다.
(CIP제어번호 : CIP2019046188)

J.H CLASSIC 039

오래오래오래

유계자 시집

지혜

시인의 말

어두운 날도 더듬더듬 기도와 시를 찾았다

내치지 않고
슬며시 내 손을 잡아준 시에게 감사한다

2019년 가을
유계자

차례

1부

2부

3부

4부

9

• 일러두기
  한 연이 첫 번째 행에서 시작될 때는 > 로 표시합니다.

1부

바닥의 그늘

봄볕에 눈이 찔린
광어 도다리가 수족관 바닥에 납작 엎드려 있다

감나무가 그늘을 밀고 들어오자
생生을 맞대고 차마 한 눈씩만 바라보고 있다

저만치서
밀물 들어오는 소리가 자박자박 들리자
눈이 번쩍 떠지는 도다리

지느러미를 흔들어 다른 도다리를 깨워 돌아갈 바다를 말하려
는 순간

거친 손 하나가
수족관에서 광어 한 마리를 낚아챈다

바다는 없고 바닥은 있어
바다와 바닥이 동시에 파닥거린다

바닥에 있는 것들은 함부로 돌아갈 수 없다고 순식간 썰어버린다

\>

사람들에겐

잘근잘근 씹는 버릇이 있다

오래오래오래

모래밭에 구령을 맞추는 갯메꽃이 있지
바다를 향해 나팔 하나씩 빼어 물면

자갈자갈 거품 문 게들이 발바닥에 짠 내음을 불러들이지
뱃길을 따라갔던 갈매기들이
먼 바다에서 아직 돌아오지 않는 안부를 더러 물고 오지

외할머니가 가르쳐준 대로
갯메꽃 입술 가까이 대고 따개비 같은 주문을 외워

오래오래오래

숨 한번 크게 들이쉬고 중얼거리면
메꽃 속에서 긴 밧줄을 타고 꽃씨 닮은 개미들이 줄줄이 기어
나오지

하나 둘 개미를 세며 기다려 줘야 해
외삼촌을 기다리던 외할머니처럼

그러는 동안 밀물이 찰싹찰싹 발등을 간질이지

눈물 비린내 묻은

오늘도 남은 사람들은 혼자 갯메꽃 주문을 외우며
물수제비를 던지지
퐁퐁퐁 물발자국 딛고 오라고

해가 지도록 오래오래오래

고기를 굽다

모처럼 동창들이
바닷가 펜션에 모여 삼겹살을 굽고 있다

주식으로 집 두어 채 말아먹었다는
별명이 주꾸미인 친구가 집게를 들고
뭐든 한방에 해치워야 한다며 고기가 탈 때까지 기다리려 하자

중소기업 대표인 문어가
뒤집을수록 기회는 생기게 되고
사람은 손이 빨라야 한다고 훈수를 둔다

그들을 바라보던 말단 공무원 넙치가
뭐든 슬슬 익혀야지 급하면 속은 핏물이야 라며 집게를 낚아
챈다

숯불에서 삼겹살이 구워지는 동안

아파트 경비원하다 잘린 새우가
단번에 구워지는 인생은 없다며
이제는 막노동도 힘들다고 연신 술잔을 들이켜다

\>

다들 빈 잔마다 채워 봐

저 바닷물이 출렁이는 건 내 눈물이 넘쳐서 그래 그러니 건배!

석쇠 위에는

고기가 구워지는 건지 우리에 삶이 구워지는 건지 모르게 구
워지고 있었다

바다 회사

회장은 달
회사명은 밀물과 썰물

조금 때만 쉴 수 있는 어머니는 달이 채용한 2교대 근무자

철썩,
백사장이 바다의 육중한 문을 열면
발 도장을 찍고 물컹물컹 갯벌 자판을 두드려 바지락과 소라
를 클릭한다

낌새 빠른 낙지는 이미 뻘 속으로 돌진하고
짱뚱어는 뛰는 놈 위에 나는 놈을 살피느라 정신없고
농게는 언제나 게 구멍으로 줄행랑치기 바쁘다

성깔 있는 갈매기는 과장되게 끼룩 끼끼룩거리며 잔소리를 해
댄다

가끔 물풀에 갇힌 새우와 키조개를 거저 얻기도 하지만
실적 없는 날은 녹초가 되어 비린내만 안고 퇴근한다

\>

평생 누구 앞에서 손 비비는 거 질색인데
겨울바람에 손 싹싹 비벼대도 승진은 꿈도 꾸지 못했다

자별하다고 느낀 달의 거리마저 멀어지자
수십 년간 충실했던 밀물과 썰물 회사를 정리하였다

파도 같은 박수 소리
근속 훈장 하나 받아보니 구멍 숭숭 뚫린 직업병이었다

붉은 맨드라미 아래

사랑니에서 통증이 왔다

의자는 스스로 나를 눕힌다
반사경을 쓴 의사가 차가운 치경으로 혀를 누르자 눈부신 조명이 입안을 환히 밝힌다

사랑이 읽히고 있다

붉은 맨드라미 아래서 한 사람을 기다리다 맨드라미가 되어가던 기억이 뢴트겐의 그림자에 복사되는 저녁

바람의 뒷골목에서 두근거리던 붉은 눈동자가 보인다

아픈 것들은 쉽게 뽑히지 않는데, 넘어지면 일어나기 어려운 뿌리가 쉽게 뽑혔다

돌아오는 길
주머니 속에서 만지작거리던 한 사람의 이름이 희미해져갔다

보지 않고 잊을 수 있다면 보고 있어도 잊을 수 있는 것이다

밤에 관한 단상

밤이라는 말속엔
길게 발음할 때까지 떫음이 있다는 걸 모른다

밤나무 가지를 잡아당기자 뭐가 떫으냐며 가지가 휜다
덩달아 물까치 울음도 휜다

우지끈,
가지가 부러지고
땅에 떨어진 밤송이를 두 발로 비비자 완강했던 제 몸을 한순
간에 드러낸다

정작 잘 익은 말들도
한번 삐끗하면 피를 볼 수밖에 없는데
손바닥 뒤집기보다 쉬운 게 소통의 그늘인데

기껏 발바닥으로 깐 것이 잘 익은 소통이다

공약空約

파랑주의보가 발효되면 소문에 떠밀려 범람하는 배들은 물의
를 일으킨다

그 물의를 따라 밖에서는 음계를 이탈한 수탉이 불협의 홰를
치고 모감주나무는 황금빛 꽃자루에 집착한다

전기도 끊긴 민박집
오랜 결빙의 길을 따라 스민 짠 내와 찌든 담배냄새 말린 한 줌
의 해국이 디퓨저가 되는 방
이따금씩 갈매기는 끼룩이라는 말로 안부를 물어왔다

모감주나무는 끝장을 보는데
모래사장에 쓴 네 영혼이 내 영혼이라는 고백은 공약이 되었다

고백은 한번 들이찼다 이내 빠져나가는 범람하는 파도였다

하늘에 비행기 한 대가 이별의 목록에 금 하나를 더한다

방파제 끝에선 선거철 지난 현수막이 또 다른 공약으로 펄럭
이고 있다

공약은 작은 바람에도 흔들리는 버릇이 있다

사랑의 끝

사랑이 끝은

구질구질해서 다시는 사랑 같은 건 안 하겠다고 다짐하는 것

끝이 오래갈수록 뒤끝이 생겨 두고두고 마음이 괴롭거나 괴롭힘을 당하는 것

찔리면 찔릴수록 찌르고 싶어 마음에 가시가 돋아나는 것

사랑해 사랑해 하다 자신을 뒤돌아보면 해골만 남아 있는 것

더 웃기는 건

그런 사랑의 끝을 알면서도 또다시 사랑에 빠지는 것

세상은 사랑받기 위해 태어난 것

뒤집다

텃밭에서
자잘한 아욱 한 줌 뜯어 와서는

가을 아욱은
마누라 친정 보내고
문 닫고 종년 하고 먹어야 허는디

남편이 설익은 농을 친다

그랴요
종년 하나 들여
문 꼭 닫고 아욱국이나 드셔유

지는
통통허니 살진 놈으로다가
금풍쉥이* 댓 마리 사다 구어야겠구먼유

농을 농으로 뒤집는다

울안을 들여다보던 키 큰 해바라기

히죽히죽 빠진 이를 드러내고 있다

* 군평선이 금풍쌩이 딱대기 꽃돔 쎅쎅이 등 많은 방언과 별칭이 있다. 전남 여수에서는
  맛이 있어 샛서방한테만 몰래 준다 하여 샛서방 고기라 부른다.

붙박이

이십오 년 만에
은행잎 문양의 장롱을 내다 났다

떨어져 나간 무늬는
쥐꼬리처럼 좌표도 없이 흐릿하다

집안의 한숨까지 새겨 넣은 나이테
깨진 잠이 하얗게 말라 수북해진 각질들이 분분하다

잔소리는 검은색이야
검은색도 삶의 여분이라 함부로 버려서는 안 된다

눈물의 층계가 달라
귀를 막고 있어도 툭 떨어지는 화두가 있었다

한때는
은행잎 장에 기대어 저녁이 지나가고
재재거리며 키 재기하던 눈금이 등고선이 되기도 하였다

철통 밥이라 여겼던 것들도 밥그릇 빼앗기듯

붙박이라 믿었던 것들도 슬며시 발을 빼내고 있다

스티커 두 장
은행잎 장롱에 붙이자 등이 시리다

이팝나무 시루

대나무 마디를 짚으며 얼른 자라고 싶었다

낼모레가 구정이라고 양은다라에 불린 쌀을 이고 애장 터를 지나 어른들을 쫓아가는 아이에게 언덕은 그네처럼 흔들렸다

길은 잡아당겨지지 않고 걸음은 자꾸 고무신을 놓쳤다
등성의 큰 바위가 내 발바닥이었다면 성큼성큼 산을 넘어 사립문에 도착할 텐데

엎어버린 양은다라는 새들의 백설기가 되고 입안에선 흙냄새가 나고 모래가 씹혔다

이제는
난로 위에서 끓던 주전자도 사라지고 그때의 울음도 녹이 슬고 속쓰림도 사라졌지만

가려운 봄밤의 동쪽 하늘에서 검은등뻐꾸기가 울고 만월의 양은다라가 슬쩍 기울어지자 이팝나무 가지에선 몽실몽실한 설기 냄새가 났다

먹어 볼래

먹어 볼래

그네에 앉아 얼른 손을 내밀어본다

지심도에 가볼 일이다

군에 간 아들 방에서
초등학교 5학년 때 일기장을 보았다

'학교에서 돌아와 보면 엄마는 시 쓴다고 컴퓨터 앞에 앉아 있
다 내가 보기엔 별로 교양도 없어 보이는데'

달아오르는 얼굴이
지심도에서 본 툭 떨어진 동백 같다

책장의 시집들을 읽다 보면
진짜 시인이구나 하는 시인을 만나기도 하지만

아들 말대로라면
시 쓰는 사람이 다 시인은 아니다

내게 교양은 두꺼운 사전 속에나 있고
떨어진 동백의 지문 같은 문장 한번 써보지 못했으니

다시 지심도에나 가볼 일이다

구멍

구멍 뚫린 현수막과
구멍 없는 현수막이 나란히 걸려있다

바람은 바람의 일을 하고
현수막은 현수막의 일을 하는데

구멍 없는 현수막은 조그만 바람에도 흔들리고
구멍 뚫린 현수막은 체념처럼 달관처럼
바람아 어서 지나가시라 한다

나이 든 느티나무 사이로도
바람 지나가는 소리가 들린다

나는 몇 개의 구멍을 더 뚫어야
구멍 뚫린 현수막처럼
앞산을 편히 바라볼 수 있을까

지상을 지나가는 저녁

지상을 지나가는 저녁 무렵
당신이 떨어뜨린 약속은 소나기가 되고
아끼던 부레옥잠은 슬며시 부레 없는 꽃으로 피어났다

꽃은 꽃말을 위해 애쓰고 그늘에 놓인 뿌리는 머리칼처럼 길
어졌다

함부로 길어진 고독이란 말을 단단히 묶지만
묶을수록 자세를 바꿔보려는 몇 컷의 웃음

거울 속으로 발을 들이밀자 반성 없이 따라온 길이 널려있고
아직 첫 장을 완성하지 못한 말들은 서랍 안에서 분주하다

달빛을 등지고 걸어간 길과
파도를 데리고 걸어간 당신

나는 당신에게 몇 번이나 목화솜 같은 이름이었을까
차가운 곳에 익숙해진 근황은 아찔한 단애가 될까

얕은 주머니라서

뒤집힌 사랑이 주르르 쏟아져 내리고

노트 속에 빼곡히 적힌 붉은 물집에 버물리*를 슬쩍 발라두었
다

지척에 봄비는 당신은 무성하지만

당신과의 추억에는 색이 남아있지 않다

* 벌레에 물려 가려울 때 바르는 약.

2부

선

바다로 들어서는 모래언덕에 쳐놓은

'들어가지 마시요'

선이 있기에
때로는 그 선을 넘을 수밖에 없는 것이다

'위험'이라는 문구가 있기에
위험을 무릅쓰고 위험한 선을 넘는 것이다

수면에 떠오를 듯 일제히 바다를 향해 기어가는 순비기나무

폭염에 맞서
염장 식물로 맞서

'나 없다'라는 콘셉트로

해변에서 새파랗게 발기하며
보랏빛 연서를 쓰고 있는 저 여자

선을 넘을 때 때로는 그것이 마지막 선이 될 수도 있다

시 쓰는 여자

당신은 시 쓰는 여자가 좋다고 했다

시 쓰는 여자는 바람의 상처가 많다는 걸 모르고 하는 말이다

시 쓴다고 골방 구석에 처박혀 있으면

당신은 빨래도 개고 시상詩想의 목마름을 달래라고 물도 떠다
준다

좋아하는 TV 볼륨도 줄이고 라면도 혼자 끓여먹는다

그런 당신이 내가 강의하러 간다면 쳐다보지도 않는다

나는 어쩔 수 없이 시를 써야하는 여자

시발시발詩發詩發

싸게 싸게 씨들 내야

여성문학에서 시를 내라고 재촉한다

꽃 진 지가 언제인데 씨를 내라는 것인가

곡식도 주인 발자국 소리 듣고 자란다는데

아무리 뒤져도 씨 같은 시는 없다

십 수 년을 시에 매달렸으니 잘 익은 씨앗 같은 시 몇 편 나올
만도 한데
　잡시雜詩만 무성하다

시도 체불하고 시상詩想도 체불하고 외상 시만 늘어 가는데

씨를 내라니

시발시발詩發詩發 어디 가서 찾나

고등어 가장

묵은 냉장고가 말썽을 부린다
제 몸을 드나든 바다가 많아
윙윙 삐거덕거리며 파도가 친다
겹겹의 성에를 거두며
냉동실을 정리한다
이참에 단단한 나무 도마를 꺼낸다
무엇이든 올려주세요
해동이 어려운 파도건 잡생각이건
칼의 처분만 기다리는 도마
얼어붙은 고등어
단 한번이라도 도마에 오르면 끝장이다
실직한 가장의 손에 들려 꺼림칙하다는 듯
빤히 쳐다보는 동그란 눈
가장의 어설픈 손놀림에
칼의 각도가 어긋나자
여기저기 튕겨나가는 고등어의 반항
평생 칼 한번 제대로 잡아보지 못한 천성
빗금투성이 가장
칼질도 쉽지 않다며 두런두런 중얼거린다
칼자루를 쥔 자는 언제나 타인이었다

낯익은 얼굴

24시 편의점에서
컵라면을 먹고 있는 아이들

중2병도 깊은 병이라 아이들이 아프게 앓고 있다

엇박의 음표처럼

불은 면발을 후후 불며
서로의 반항을 식히고 있다

희끗희끗 눈이 내리고
편의점 시계는 5분 늦게 자정을 넘기는데

맞은편 영화관 출구에서
들고양이처럼 검은 물체가 도로를 무단 횡단한다

이쪽으로 뛰어오고 있다

끼익,
멈춰서는 자동차들 사이로 보이는 낯익은 얼굴

너는?

추나하실래요

자동차 바퀴의 속도에 밀려
척추의 눈금이 중심에서 기울었다

추나하시겠어요
한의사가 나무망치를 들고 곧은 의지를 보인다

추나,
한바탕 춤을 추어야 할 것 같은 추나?

춤이라면 막춤이 제일인데
그 춤도 만만치 않지만 그러자고 했다

살살 돌려주세요
스텝이 꼬여 허리가 잘 돌지 않잖아요

삐끗한 척추도
한번 자빠진 사랑도 일으켜 세워주시길

스텝은 적당하게
스텝에 스텝을 얹혀 끝까지 따라했으니

이제 돌려 볼까요

빙글빙글 돌아가는 세상

이왕 대관람차로 돌아볼까요

느티나무 집들이

느티나무 밑에 찌그러진 양은냄비와 녹슨 가스레인지
물때 낀 바가지 눈금 빠진 헐렁한 저울
한 살림이다

누가 농가부채를 파산하고 야반도주했는지
급하게 벗어놓은 흙 묻은 장화는 여전히 대처를 향해 걷고 있
다

나무 아래서 고단함을 씻던 고마움 잊지 못해
떠나기 전 세간이라도 한몫 챙겨주고 간 것일까

그늘의 무게와 새들의 노래를 빼고 도지로 넘기고 나면
바스락거리는 낙엽 몇 되뿐인 느티나무
한 살림 받았으니 올겨울은 든든하겠다

공짜로 얻은 살림을 저울 위에 올려보는데
소문이 소문을 물어가 참새 떼 우르르 살림 구경하러 온다

땅거미 들기 시작하면 늘어진 느티나무 가지가
쿡 버튼을 눌러

양은냄비에 보글보글 300년 묵은 기억이 끓어 넘치고
당분간 왁자한 집들이가 이어지겠다

벌써 줄무늬 다람쥐 볼주머니 가득 채우고 느티나무 대문을
두드린다

나는 저 문 밖에 서성거리다
다람쥐의 생으로 슬쩍 입주하고 싶다

화석

어망 속에
새끼붕어 몇 마리 잡아놓고
기다림이 지루했다

순간
찌가 사라지고
줄을 당기는 팽팽한 힘
수면을 차고 오르는 대물

빠르게 낚아채다 줄이 끊어지고
유유히 물속으로 사라져버린다

놓친 물고기가 더 커 보이듯
잃어버린 사랑이 선명하다

놓친 것은 모두 화석이 된다

층계를 보면

내려오는 에스컬레이터를 보면 거슬러 올라가고 싶다

무작정 층계를 지나 넝쿨 같은 계절을 밟고 붉은 상상을 뒤적
이면
오후의 화분이 꽃을 피운다

독 오른 게발을 들고 게발선인장이 빨갛게 부풀어
아야, 바위틈에 있던 돌게의 발가락에 찢겨 붉게 번지는 바다
가 물들어있다

붉은 낙조를 밟고 아이들이 남자가 되고 여자가 되고

태풍이 올 때마다 떠밀려오는 아픈 이야기들은 못 들은 체
슬픔의 각도를 슬쩍 돌려놓기도 하는

시간의 층계에 한 발짝 발을 올리면
계집애들의 훔쳐 바른 분홍 립스틱 얼굴이 달려올까

썰물로 빠져나간 붉은 해안으로

후생後生에게 말을 걸다

흐리거나 먹구름이 끼면
부랑하는 두 눈의 수심이 얕아진다

전망이 사라진 강둑에서
생각이 쏟아지자 많았던 일들이 수면 아래로 흘러간다

수많은 별을 기워 요일을 짓던, 숨비소리 놓쳐 눈물이 먼저 떨
어지던 여름에 여린 보라색 순비기꽃 핀 마을에 갔었지

스무 살
내 바다에는 타는 냄새가 많았다

수심 근처가까이
끈 풀린 운동화 한 켤레엔
바다의 재가 하얗게 뿌려져 있었다

이제 그만 잊어도 될까 후생後生에게 말을 걸어본다

겨울장미

철망 옆 잎맥이 흰한 이파리 사이로 꽃이 피었다

금방이라도 깨져버릴 것 같은 저 붉음

상처의 꽃이라 절정의 순간을 놓칠 수 없다는 비장한 색이다

나도 발을 헛딛다 나를 잡아 세운 적 있다

온종일 거울 앞에서 입술을 붉게 칠한 적 있다

나도 모르는 내가 내 가까이 있었던 적 있다

껍질의 시간에 길들여지면 헐렁해질 거라고 물처럼 말을 흘려
보낸 적 있다

눈이 내리자 장미에게 말없음으로 고백하고 있다

지난 청춘에 대한 내 오랜 고백처럼

복원하다

그들이 사라졌다

결혼식장에서 행진하던 신랑이 소라 줍던 계집아이가 취업의
문턱을 넘어선 여대생이 팔순 잔치하던 노인이 막 케이크에 불
을 붙이려는 순간이 수다를 떨던 여인들이 마이크를 잡고 연설
하던 사람이 십자가 앞에서 회개하라 외치던 남자가

수술실 앞에 엎드려 기도하던 사이 사라진 지갑처럼
좀 전의 과거가 좀좀 전의 과거를 데리고 가듯 사라졌다

지척에 있었는데,

카이로스 상점 주인에게 시간을 찾아달라면 생이 복원될까

폰 속으로 사라진 과거가 다시 시작된다면 내 생이 복원된다
면 다시 올 부끄러움들

잘 살아야겠다

여름 그리고

옷장을 정리하다 보니
버려야 할 것들이 많다

백화점 폭탄세일의 전리품들

훅 파인 원피스 꽃들이
뛰쳐나가 베란다에서 나풀거린다

구찌 선글라스는 짝퉁
비처럼 음악처럼 가볍던 긴 차양의 모자는 싸구려

나를 전리품으로 여기는 당신처럼 방안에 널려있다

만약에 말야
만약에 말야

자전거를 타다 강둑을 구르지만 않았다면
병원에서 크레졸에 배인 날들이 없었다면

지난여름에도 반라의 내가 거리를 활보했을 텐데

허밍으로 중얼거리는 후렴

그 바닷가에서는

폐유조선이
천수만 입구에 막아서자
물 좋다는 소문이 소문을 물고 퍼져나갔다

타지의 꾼들이 모여들어 패를 쓸어갔다

미루나무를 타고 오르던 능소화가
급하게 나팔을 불어도
누구도 귀를 기울이지 않았다

그날 밤 갯바람을 맞으며 능소화는 나팔을 버렸다

정박해 있던 집들이 헐리고
암초에 걸린 난파선처럼 마을사람들 소식이 끊어졌다

이듬해 숙이네만
근처에 닻을 내리고 정박했다는 한통의 소식이 날아들었다

지금도 그 바닷가에 가면 능소화 나팔소리가 들린다

흔들흔들

변하지 않는 것은 없다
어제 있다가 오늘은 없고 다시 내일 생기는 것처럼

조금 전이 몹시 흔들흔들
조금 후는 몹시 잠잠해지듯

높은 산봉우리를 무너뜨릴 듯이 장대비 내리치다가
이내 햇빛이 혀를 날름거려 고만고만한 풀들이 쓰러지듯

하루는 만선으로 환호성이다가
하루는 불가사리 하나 없는 되돌아옴이듯

당신과 내가 단물처럼 달달함이 넘치다가
나와 당신이 절여놓은 배추처럼 풀이 죽어 가듯

어제의 황홀한 약속이
오늘의 모래알처럼 흩뿌려지듯

마음의 수평선 너머에서 출렁이는
너를 이제는 바라볼 수 없듯

3부

오래된 이명

베란다에서 쓰르라미 한 마리 밤낮없이 우는 소리가 귀청이 먹먹하도록 미싱 돌아가는 소리로 들렸다

해 뜨고 질 때까지 손톱에 맞창이 날 때까지 불안한 미래를 박았던 K봉제공장

담장 아래 민들레 피면 수출용 체크무늬 바바리코트를 입고 말로만 듣던 명동에 나가 지하다방에 앉아 허스키한 DJ 목소리 들으며 쓴 커피 한잔 마시고 싶었다

하루에도 몇 번씩 엉키고 끊기는 실을 이으며 병든 닭처럼 꾸벅꾸벅 졸다 작업반장의 날카로운 목소리에 헛손질하다 먼지 낀 하얀 눈썹으로 잠들던 날들

하얀 칼라를 빳빳하게 세우고 서점으로 레코드가게로 들어가는 계집애들을 따라가다 화들짝 놀라 되돌아와 불량의 열일곱 살을 뜨르륵뜨르륵 박고 또 박았던

그 소리

버려진다는 것

버려진다는 것은 슬픈 일이다
독기가 없다는 것은 더 슬픈 일이다
순 하디 순한 것들도
버려지는 순간 독기를 품는 법
뿌리 뽑힌 풀뿌리를 보면
끝까지 흙을 움켜쥐고
몸을 세우는 저 뜨거움을
버림받는다고 절망할 일은 아니다
차라리 왜 버리느냐고
한 번쯤 속 시원히 따져 물을 일이다
날 세운 혈기로
다시 일어나 세상을 활보할 일이다
누구나 수없이 버리고
버려지고 버림당했다
내가 버린 저 하수下水마저도
죽을힘으로 강을 헤엄쳐간다
독기 어린 눈으로 새 숨길을 찾아 나선다

가위눌림

마름질하는 엄마 손에서
자투리 천들이 새롭게 생겨나요
짧은 소매가 꿈을 꾸지 않아도 한 치수 커져요

드르륵
몇 번을 박음질하면 내 꿈을 재단할 수 있을까요

벽장 안엔 종이인형이 일어날 줄 몰라요
연필에 침을 묻히고 꾹꾹 눌러 심장을 그렸어요

보이죠

그녀는 검은 벨벳 물결무늬가 어울려요
발목이 드러나면 한들 걸음을 가르쳐줄 거예요

엄마는 부르튼 발로 밤새 페달을 굴려요
한 그릇 밥은 되지 않아요
목련은 봄을 입에 물고 하얗게 분칠해요

다 같이 하얗게

>

졸음 박힌 가위질로
흰 핏물이 흘러 아직은 밤이 환해야 해요

그럼 우린 밤을 지킬 수 있을까요

꿈은 걸어 놓는 게 아니라서
물결무늬 소매는 더 이상 자라지 않았어요

계단 오르기

지하로 내려가는 계단에서 자주 미끄러졌다

소금기 있는 웃음을 웃다가
터진 솔기로 남은 웃음이 빠져나갔다

벽지에선 갈대가 자라고
물의 고랑에서 첨벙거리던 슬픔들
지하에서 옥탑으로 가는 계단을 동전처럼 세었다

달빛이 움직이면 가구도 움직이는 방
푸른빛에 선명해지는 계단 사이의 벽

계단을 밟으면 빼곡하게 채워진 오지의 생도 밟혔다

먹고살자고 하는 일이니 끼니는 거르지 마라 가진 것 없으니
살이라도 불려야지

감나무 사이로 입버릇처럼 하시던 어머니 말씀이 비친다

돌고 돌아도 봉제공장

아침 끼니인 계란 프라이는 눌어붙지 말라고 얼른 뒤집는다

계단 아래에 계단이 있어서

모섬*

해초 같은 그녀의 몸에서 갯내가 난다
지친 노동의 냄새였다

푹푹 빠지는 갯벌을 따라
커다란 고무대야를 끌고 가는 등 굽은 섬

밀물에 잠시 떠올랐다 썰물에 사라진다

태풍이 몰아치면 섬 전체가 삐걱거려도
풍화된 구석들만 묵언수행 중인
모섬

어린것들은
똘짱게 발에 실을 묶어 게 달리기 시합을 벌이다가
섬의 앞자락에 지루한 잠이 들고

옆구리가 패인 푸석한 바위는
자꾸만 무너져 내려도

해당화는 붉게 피어 모섬을 밝힌다

* 충남 홍성의 팔경 중 하나. 낙조가 아름다운 작은 섬.

생生

사는 게 뭐냐고 물어왔습니다

낸들 어찌 알겠습니까

울며 태어나서 웃다가 울다가

둥그런 무덤 하나 짓고 마지막에 웃는 거겠지요

여기 빈 화분에 꼼지락거리는 소리가 들리는데

이것도 큰 생生이겠지요

땡땡이무늬 원피스

장날
읍내로 가는 버스엔 엄마보다 비린내가 먼저 실렸다
엄마와 멀찍이 떨어져
땡땡이무늬 원피스 사오라고 손짓으로 말하고 등을 돌렸다

학교 파하고 계집애들은 튀김 집으로
나는 시장 귀퉁이에 서있었다

엄마가 살 터진 손으로 조개를 까는 동안
한 무더기 바지락껍데기 위로 첫눈이 내렸다

'바지락 사세유 바지락'

수건을 내려쓴 엄마는 늘어진 테이프 같은 떨이를 하고 있었다
어쩌면 시집살이를 떨이하고 있었는지도 모른다

집에 돌아온 엄마의 보자기 속엔 양조장집
숙이가 입었던 하늘거리는 땡땡이무늬 원피스는 보이지 않았
다

>
한참을 접어 올려야 손발이 보이는 남동생 옷가지
마른미역 두어 묶음과 파지사과 열댓 개
보자기를 밟고 다니던 참새발자국은 덤이었다

'원피스 장사가 지난 겨울에 얼어 죽어서 못 왔대'

그날 밤
삐죽거리는 입술로 굴뚝에 기대어 별들을 바라보는 동안
호롱불 밑에서 재재거리던 사내애들의 별 볶는 소리와
사랑방에서 약주 냄새 짙은 잔소리가 뒤엉켜 쉬이 밤은 깊지
않았다

땡땡이무늬 별들은 너무 멀리서 반짝였다

바람의 길

왕이 되고 싶은 남자가
처자식 공양하는 신하는 그만두겠다며 사표를 던졌다

전생이 바람이었으니
마땅히 거둘 신하도 없다고 색깔만 닮은 풍산개를 수하手下로
두었다

풍향계 고장으로 링거도 꽂고 리폼도 하였지만
전생을 버릴 수 없어

에헴,
칸이 납시니 시동 걸고 사이드미러 귀때기를 활짝 열거라
풍선껌이나 씹으며 풍년화 피는 언덕으로 풍물시장 골목으로
민생을 살피러 나가야겠다

풍기는 멋도 풍금 같은 목청도 없으면서
사계절 가리지 않고 풍차 돌리듯 목청을 뽑는다

갈대바람 바닷바람 동백바람 별별바람
바람 한 줌 쥐고 와서는 선심 쓰듯 시를 써보라며 던져주고

다시 나선다

　십년 만에 바람길 568,263킬로 뛰고 폐차장으로 향하는 테라
칸*에서 내려
　홈그라운드 테라,
　칸으로

　그때부터 디아코노스 하나가 늘었다

　그 신하는 진짜 죽을 맛이라고 했다

　* 자동차 테라칸(대지의 왕).

A형 독감

봄 주머니 터는 일에 재미 들려

몰래 영춘화 뿌리 잡아당기고
생강나무 꽃가지를 부러뜨리며 다녔다

그런 나를 누가 밟고 가는지
재채기가 시작되고 귀가 간지러웠다

며칠 전부터 의심을 했으나 물증이 없으니 무죄였지만
꼬리가 길면 잡히는 법

A형 독감의 수갑이 철컥, 독방 601호

창자가 끊어질 듯 아프고
괘씸죄까지 더해 간수들의 바늘 채찍이 시작되었다

그 많던 친구들도 발을 끊었다

그나마 나 아니면 옥바라지 누가 하냐며
술안주로 마누라 잔소리가 최고라며

혼자 훌쩍거리다 훌쩍 마시고 있다는

너 없으니 밤 없는 별
하늘 없는 달
향기 없는 꽃이라고

당신이 밤마다 보내는 한물간 문자 사식도 약이 되었다

벽화

이삿짐을 빼고 뒷정리를 하다
베란다 창고를 여니 벽화가 있었다

잠든 라스코 벽화가 깨어나고
그리운 반구대를 넘어 새로운 초성을 열고 일어났다

어느 날 베란다 동굴 속에 갇힌 아이는
구석기인의 발자국을 따라가
빙하기에 멸종된 동물들을 만났을 것이다

낯선 표의문자는 거북이 등에 있고
태풍과 해일로 베란다가 덜컹거릴 때에도
갑골문자는 달빛을 떠올렸을 것이다

벽화를 꺼내 들자
해맑은 아이의 낙관이 찍혀있었다

가슴에 내린 눈은 쓸기가 어려웠다

강원도 화천 102보충대 앞
많은 사람들이 꽁꽁 언 손을 놓지 못했다

가세요
언 손 보다 더 차갑게 한마디 던지고
훈련소 안으로 들어가던 아이

그 말속엔
뇌졸중으로 약해진 아버지를 위해
당당한 척하려는 아이의 맘이라는 걸 알면서도

에이 냉정한 놈

대학병원으로 학원으로 종종거리던 걸음
버팀목이 되고자 했던 네 마음 왜 모를까

툭하면 눈물 글썽이던 아버지가
먼지 때문이라며 다시 글썽였다

아이의 맘을 안고 되돌아왔지만

\>

좋아하던 눈이 내리면 창문을 닫게 되고
강원도의 '강' 자만 들어도
맘이 벌떡 일어나 강원도로 향했다

그해 겨울은 유난히 눈이 많이 내렸고
가슴에 내린 눈은 더 쓸기가 어려웠다

대나무 그 마디마디

오직 위로 향하는 그에게서
대쪽 같다는 말이 비롯되었다

그는 통이 컸지만
자신의 텅 빈 속은 채우지 않았다

비바람 불면 밤새 몸을 뒤척이다
밀물 썰물 겨끔내기로 들고나도 마디는 비어 있었다

오뉴월 불덩이 들이차고
칼날 같은 북풍이 무릎을 찍어도
꽃이든 나무든 하나만 선택해야 했던

휘청거릴 때마다
서있는 자리에서 텅 빈 마디마디를 조율하던
그 적막함으로 뽑아 올린 마디의 힘
저 곧은 품성

불이 꺼져도
대빗자루를 엮는 아버지의 아버지들

열꽃 나는 새끼들 이마를 짚어보는 아버지들

무를 자르다가

단단해 보이는 무를 자르자
성한 곳 없이 구멍이 숭숭 뚫려있다

아버지는 언제나 단단해 보였다

공비 소탕하다 뚫린 뼈마디 속으로
수없이 밀어 넣던 하얀 거즈
소독약 냄새로 뜰 안을 채워도

집안에 큰일이 생겨도
단호하면서도 단단했다
그런 줄로만 알았다

세월은 세월을 낳아
절룩이며 걷는 아버지

텅 빈 무였다

저녁상을 차리다 말고 전화기를 든다

고향

찻잔에
해당화 한 송이 넣고 물을 붓는다
꽃봉오리 풀리는 오후의 햇살이 따사롭다

한때는

어머니가 발목이 푹푹 빠지는 갯벌에서
바지락을 캐고 돌아와 늦은 허리를 펴고
찬밥에 물을 말아 한 술 뜰 시간이다

배 타고 나가신 아버지가
멀리 아른거리는 육지를 바라보며
담배 한 대 필 시간이다

우리는 빈병이나 찌그러진 냄비 들고
엿장수 소리를 따라갈 시간이다

해당화 향이 고향을 끌고 온다

가끔 술래처럼 왔다가는

측백나무 이파리 겹겹마다 어둠이 스며들 때
슬픔을 뭉치면 측백나무 어디까지 숨어들 수 있을까

태양이 식어갈 때면 항상 떠날 때를 찾곤 하였다

주머니 속엔
반쯤 찢긴 차표와 희망 한 뭉치

북에 감긴 실이 술술 풀리듯 잘 될 거야

밤마다 가슴을 파는 두견과 한통속이었던
부재의 창을 두드리며 뒤뜰에서 엘비스 프레슬리를 따라 흥얼
거렸다

그러나 베어진 측백나무처럼
끝내 떠나지 못하고 슬픔의 낱장을 뜯어내던

부재의 네가 부재가 되지 않는

가끔 술래처럼 왔다가는 산 중턱의 작은 방

4부

다시 쓰는 곰나루

그녀의 굴속으로 들어가는 식당 입구
보글보글 끓어오르는 뚝배기마다 빗방울이 튄다

자운영 꽃잎이 젖는다

남자에게 잡힌 후
비린 주방에서 생선을 뒤집고
보편적인 인간의 눈물을 굽고
슬픔 같은 건 퐁퐁으로 말끔히 씻어 엎어 놓는다

봄은 언제 다녀갔는지 꽃물이 들지 않고
가끔 김칫국물이 튀어 봄을 대신하곤 하였다

달아오른 가스불은 오래전에 보았던 붉나무를 닮았다

강물의 바닥이 보이지 않아
아무렇게나 아침이 밝았고
아침이면 털 많은 여자애와 남자애가 엄마라고 불렀다

낮엔 곰 밤엔 남자

마늘을 굽고 술국을 끓여도 설화는 완성되지 않았다

한때 푸른 짐승의 피를 당겼던 것이
손바닥에 든 수심의 깊이가 되어버렸다

햇살이 금강을 덮는 동안
설화의 한 대목이 부스스 잠에서 깬다

연잎 같은 여자 연꽃 같은 남자

연꽃은 연잎에 기대어야
연잎은 꽃을 위해 물 위에 떠있어야
더 아름답다

연잎은 떨어지는 꽃술을 받아내 또 한 번 연잎 위에서 꽃피게
하는

연꽃 같은 남자
풀꽃문학관 나태주 시인의

아내에게
각지에서 찾아오는 여인들을 보면 불편하지 않으시냐 걱정스
레 물으면
되레 고맙지요 우리 집 냥반 좋아해줘서 저 냥반은 자꾸 출렁
여야 돼요 라고 한다

화려하지 않고도 한없이 넓고 둥글고 어진 연잎의 여자

날마다
연못에 배를 띄우고 노를 저으며

주님 뜻대로 하소서 주님 책임져 주소서 한다

무엇을 책임져야 할지는 주님만 아시겠지만 끝없는 기도 속에
연꽃 같은 남자가 붉다

* 나태주 시인의 아내 김성례 여사.

꽃이 아닌 것 없다

화분에서 비집고 나온
바랭이 풀과 괭이밥을 뽑으려다 멈춘다

하고 싶은 말을
입안에서 수없이 되풀이하다
끝내는 하지 못하고 돌아섰던 날처럼

내 안의 상처를 다독이는 건
나의 슬픔을 수없이 핥아내는 일

어느 날
마음에 보잘것없는 꽃이라도 피게 되면 안다

삶이 하찮아도
마음의 일이란 걸

하찮아 보이는 것들도
어딘가에서 꽃이 되기도 한다는 걸

느티나무 그 여자

　느티나무 그 여자 반쯤 무너진 까치집을 안고 트럭에 실려 골
목으로 들어섰다 난생처음 세상 밖으로 이파리를 출렁거리며 달
려왔다 단 몇 시간 만에 몇 푼으로 결정된 운명이었다 지닌 것이
라고는 몇 개의 허름한 까치집이 전부였다 묶인 채 순순히 따라
와서도 불안으로 잎사귀 몇 개 떨어뜨렸다 트럭이 붉은색 대문
앞에 멈춰 서자 포클레인은 평생 뼈를 묻어야 할 구덩이 속으로
밀쳐 넣었다 순간 까치집 하나가 산산이 부서져 바닥으로 쏟아
졌다 사람들은 기다렸다는 듯 밑동까지 들춰보며 한 마디씩 한
다 푸른 대문집 소나무는 뻗질나서 영 못쓰겠고 저 아랫동네 꼬
패집은 당최 단감이 열리지 않아 잘라버렸다고

　느티나무 그 여자 가지고르기를 해준다면 수꽃 암꽃 필 때까
지 참아준다면 사방 버팀목이 되어주고 천년이 고독일지라도 찬
란한 그늘이 되겠다고 다짐하는데

　그 여자의 속을 알아챈 사람이 없었다

장대비

장대비가 쏟아지는 날이면
늦은 밤 그녀의 울음이 홈통을 타고 내려온다

현관에서 알코올 냄새가 진동하고
그녀의 울음은 불이 붙어 활활거린다

오늘도 오장육부가 다 타들어가도록
희망이 재가 될 때까지 풀썩 주저앉는 소리가 아래층까지 내
려앉는다

요즘 세상이 어떤 세상인데
맨몸으로 그 장대비 같은 아픔을 다 맞나
이웃들은 그녀의 무른 성품을 말하기도 하였다

암흑의 방에서 계절이 바뀌어도 절망이 자라도
어린것들 때문에 이혼도장을 찍지 못하고

장대비에 온몸이 젖어도
사람이 변하는 건 사람의 일이 아니라고
그녀는 날마다 무릎을 꿇고 손을 모은다

한 방향으로 간다는 것은

강둑을 걷다가 한쪽으로 기운 풀들을 본다 나무가 한 방향으로 흔들리고 숲으로 향한 그림자가 한 방향으로 기운다 혹은 느리게 혹은 빠르게 한 생각도 한 방향이었다 불가항력적인 발에 몇 마리 개미가 밟혀 죽어도 개미의 행렬은 쉬지 않고 한 방향으로 이어진다 떼 지어 날아오른 철새도 별도 달도 구름도 한 방향으로 간다

계절이 바뀌고 파도가 출렁일 때마다 더욱 기울어지는

마음의 밧줄

당신,
나는 당신 앞에 있을 뿐입니다

문전성시

벌들이 사라지면 4년 안에 인류가 멸망한다고 떠든다

그의 집 오얏나무 근처에는 벌이 보이지 않았다

오얏나무 밑에서 갓끈 고쳐 매지 말라는 말은 이미 끈 떨어진 말이다

더도 덜도 말고 열매 하나만이라도 매달리게 해달라고 꽃가지를 벌려 놓았는데

정성이 닿았는지 뻐꾸기 울자 오얏나무에 복숭아꽃이 피었다

벌이 꿀을 채집하는 동안 접붙인 이야기는 계속 접 붙어가고

둥치만 남은 오얏나무 품에서 살빛 복숭아가 자라고 있었다

복숭아나무라 불러야하나 오얏나무라 불러야하나

유전자 검사소 앞 문전성시를 이루는 과일가게

사람들은 과일을 고르다 말고 자꾸 손가락을 들여다본다

분주한 무음

커피숍
테이블에 앉아있는 그녀들

대화 없는 대화는 모두 스마트 폰의 분주한 무음이다

진화에 앞장선 호모 모빌리쿠스의 손목에 잡혀
반짝이는 금화는 캐지 못하고
오직 곡괭이만 사들이는 그녀들

또 다른 테이블에서는
SNS로 가계를 설계하고
푸른 지폐의 따끈한 밥을 연신 퍼 올린다

나는 시시詩詩한 남의 곡간을 기웃거리다
입맛만 다시고 만다

한 테이블에 있어도
눈길 한 번 마주치지 못하고
서로가 제 안에 눈부처로 들어앉아 손으로만 말한다

\>

날이 어두워지도록
아직 시시한 이야기조차 한마디 채굴되지 않는다

요양원

투명한 유리창에 새들이 날아와 부딪쳤다

새가 떨어지고
유리창엔 눈에 보이지 않는 틈이 생겼다

바깥의 풍경은 그대로인데
안에서 바라본 바깥은
유리창을 닦아도 슬픔이 묻어 있었다

생이 물드는 순간처럼

누구세요
누구세요

영철이를 불러주세요
영철이가 오늘 안 보여요

엄마가 섬 그늘에……

오카리나 연주하는 동안

툇마루에 있어야 할 아들을 찾고 있었다

집을 **빠져나간** 생각은 어디 가서 밥을 먹나

부용꽃 자장가

꽃이 핀다
아기 웃음소리처럼 만개하는 부용꽃

달빛을 모으는 나비의 날개가 방안 가득 날아다닌다

꽃 이불속
혼곤한 잠에 취해든다

사마귀 눈동자가 한 곳에 멈추면

쉿!

꽃잎 끌어 모으고 토닥토닥

잠이 달겠다

그 병동엔 후크 선장이 있다

졸음운전 트럭에
왼쪽다리를 잃은 강노인

밤이 되면 후크 선장과 다리를 찾아 나선다

거친 파도에 배멀미를 하는지 침대가 출렁거린다
웃옷까지 벗어던지며 괴성을 지르다
때론 포획한 악어 배를 가르고 다리를 꺼내는지 가쁜 숨을 몰
아쉬기도 한다

밤새 후크 선장이랑 돌아다닌다는 말의 급물살은 감추고 잠에
서 깨어나면 큰소리로
껄껄껄 웃는다

헛웃음 속에 있는
왼쪽다리를 어떻게 찾아야 하나 인삼밭이 말라 죽지는 않을까
블루베리는 색이 잘 들고 있을까
자정만 되면 그늘진 꿈을 들키는 줄 모르고
정형외과 병동복도를 서성이며 새벽을 깨우고 있다

감자꽃

TV 속에서
만삭의 여인을 태운 난민선이 요람처럼 흔들리고
검은 바다를 바라보며 중얼거리는 여인은 캄캄해 보인다

불러오는 배를 쓸어내리며 괜찮다 괜찮다 하던 미숙이 눈빛이
닿아있었다

아이 서넛 낳고 고슬고슬한 저녁밥 짓는 게 꿈이라던 그녀는
남자에게 버림받고 스물여덟의 나이에 정신을 놓았다

여인을 태운 난민선은 자꾸 출렁이며 시야에서 점점 멀어지고

떠나간 남자의 등 뒤에서 탈대로 다 타버린 사랑*을 중얼거리
던 감자꽃 닮은 미숙이의 음성이 너울처럼 밀려왔다

베란다에 내놓은 상자 속에선 감자알들이 하얗게 사산 중이
었고

* 이은상 시 홍난파 작곡 「사랑」.

12월

때 지난 달력 속에서
조롱조롱 매달린 때죽나무꽃 하얀 종소리가 잘랑거린다

날은 저물고
바닥을 치고 있는 시간은 차갑게 식어갈 뿐

당신과 환했던 날들은 품절에 가깝고
부풀어 오르는 건 볼록해진 나이뿐이다

더러는 다른 사람으로 살고 싶을 때도 있었다

보이는 것은 흐려지고
호명한 이름들은 자주 자리를 바꾸는데
음악은 볼륨을 높여야 귀에 들리고 담력은 허물어지고 있다

실금만 닿아도
열매의 둥근 길이 미끄러져
달력 속으로 주르륵 흘러내렸다

벽에 조랑조랑 매달린 때죽나무 종소리

분명 떼로 몰려올 푸른 봄이라고 중얼거린다

밖에서는 자선냄비가 울리고 12월이 남은 종을 치고 있다

삶의 아련한 무늬, 새로운 서정의 연금술

김병호 시인 · 협성대 문예창작학과 교수

삶의 아련한 무늬, 새로운 서정의 연금술

김병호 시인 · 협성대 문예창작학과 교수

유계자 시인의 첫 번째 시집 『오래오래오래』는 제목에서도 연상되듯이 작품 대부분이 과거의 추억을 되짚고 있다. 하지만 이러한 과거의 시간은 작품 안에서 다시금 현재의 모습과 모양, 새로운 가치로 드러난다. 시인은 작품 속의 화자가 놓여있는 현재의 삶조차, 끊임없이 밀물져 오는 추억의 미세한 틈 속으로 스미게 하면서, 그의 안타깝고 우수어린 표정을 곧잘 지어낸다. 주변의 풍경과 사물들이 지나가버린 시간의 음영 속에서, 시인의 또 다른 자아들은 느리고 아득하게 흘러가는 어느 지점을 향해 시간의 흐름을 등진다. 그의 시어들이 드러내는 삶의 편린들은, 서서히 소멸해가는 시간의 어둠을 이끌고, 삶의 그늘 뒤에 도사린 도시의 균열된 욕망의 틈을 비집고, 현재보다 더 생생한 삶의 의미로 되살아난다.

그러니까 그의 시에서 현재의 삶은 추억이 스쳐 지나가는 하나의 통로에 불과하다 할 수 있다. 시인은 추억을 지나가게 하는 동시에 자신도 쉼 없이 추억의 바스러짐 속으로 잦아들면서 삶이 보여준 고통과 욕망의 흔적과 무늬를 압화처럼 하나하나 시로 찍어낸다.

유계자 시인이 보여주는 세계는 현재와 과거의 시간들이 씨실과 날실로 짜여진 삶의 아련한 무늬들이다. 무늬에서 무늬로 옮겨가는 삶, 아련함과 고통으로 무너져 내렸던 시간의 흔적은, 역동적인 현재의 삶이 아니다. 삶이 하나의 무늬로 남기 위한 심리적 거리, 미적 거리가 바로 삶이 추억으로 건너가기 위한 거리인 것이다. 그의 시가 지닌 독특한 아우라는 바로 이러한 미적 거리가 만들어내는 삶의 내면화된 잔상들로부터 나온다. 그가 그려내는 현재의 시간은 현재 그 자체에 머무는 것이 아니라 끊임없이 과거의 어떤 기억들과 겹쳐지면서 내면의 공간으로 깊이 침잠해 들어간다.

추억이라는 이름의 내면화된 삶의 하중과 그것이 불러일으키는 깊은 정서의 울림은 유계자 시인의 작품 안에서 단순히 과거의 기억을 되살리는 수준에 그치는 것이 아니라 보다 근본적으로 현재의 삶을 살아가는 자아의 시적 문양을 부조해 나가고 있다. 그의 시에서 삶은 외부적 사건으로서가 아니라 시적 인물의 의식 속에서 이루어지는 하나의 내면적 사건이기도 하며, 이때 여울지는 일련의 심리적 동요, 내면적 여운을 고스란히 옮겨내면서 시적 성취를 거두어낸다. 내면의 시적 깊이로 침잠해 들어가는 시인의 고즈넉한 응시의 시선은 현실의 역동적 욕망으로부터 화자와 독자를 떼어내어 정적과 우수가 깃든 담담한 풍경화로 만들어낸다. 그리고 이때의 정서적 거리는 추억으로 삭여지

기 위한 거리가 아니라 시인이 삶을 바라보는 인식 밑바닥에 잠재된 정성, 삶의 아름다움을 향한 어쩔 수 없는 욕망의 통로가 된다.

더욱이 시집『오래오래오래』는 뚜렷한 외부적 사건이나 극적 서사에 의존하기 보다는 화자의 마음속에 불러일으킨 미묘한 심리적 파장 속으로 깊숙이 파고들어가는 내성적 경향이 두드러진다. 시적 대상을 향해 곧바로 진입해 들어가기보다는 끊임없이 그것 주변을 서성이면서, 그 안으로 들어가기를 주저하는 듯한 머뭇거림, 망설임의 마음자리를 가장 잘 보여주는 시인이 아닌가 싶다. 마치 고요한 호수에 던져진 돌의 파문처럼 시인 내면의 내밀한 무늬들을 그려나감으로써 추억을 반추하고 오늘의 의미를 되새김질한다. 이때 사용되는 시적 암시성과 독특한 비유적 울림은 독자들의 풍부한 정서적 감응을 요구하면서 감동의 파장을 더욱 풍성하게 해준다. 또한 유계자 시인의 시어들은 그저 독립된 지시적 의미로 고정되어 있는 것이 아니라 각각의 시어들로부터 퍼져나가는 정서적 울림의 동심원들이 서로 부딪치고 겹쳐지면서 시인만의 아련하고 쓸쓸한 내면의 시적 공간을 구축하고 있다.

지상을 지나가는 저녁 무렵
당신이 떨어뜨린 약속은 소나기가 되고
아끼던 부레옥잠은 슬며시 부레 없는 꽃으로 피어났다

꽃은 꽃말을 위해 애쓰고 그늘에 놓인 뿌리는 머리칼처럼 길

어졌다

　함부로 길어진 고독이란 말을 단단히 묶지만
　묶을수록 자세를 바꿔보려는 몇 컷의 웃음

　거울 속으로 발을 들이밀자 반성 없이 따라온 길이 널려있고
　아직 첫 장을 완성하지 못한 말들은 서랍 안에서 분주하다

　달빛을 등지고 걸어간 길과
　파도를 데리고 걸어간 당신

　나는 당신에게 몇 번이나 목화솜 같은 이름이었을까
　차가운 곳에 익숙해진 근황은 아찔한 단애가 될까

　얕은 주머니라서
　뒤집힌 사랑이 주르르 쏟아져 내리고
　노트 속에 빼곡히 적힌 붉은 물집에 버물리*를 슬쩍 발라두
었다

　지척에 붐비는 당신은 무성하지만
　당신과의 추억에는 색이 남아있지 않다
* 벌레에 물려 가려울 때 바르는 약.
　—「지상을 지나가는 저녁」 전문

"지상을 지나가는 저녁 무렵"은 추억을 반추하며 끊임없이 그 주변을 서성이는 어두운 마음의 행로를 그리기에 가장 알맞은 시간이다. 당신과의 인연은 당신의 떨어뜨린 약속으로 더 이상 이어지지 못하고, 화자는 오히려 "함부로 길어진 고독"에 놓여 있다. 당신과의 관계 훼손은 더 이상 화자의 평화롭고 안온한 삶을 보호해주지 못하고, 어쩔 수 없는 체념 속으로 화자를 이끈다. 운명의 힘과도 같이, 정체를 알 수 없는 인연의 비의秘意와 같은 두려움 아쉬움 속에서 화자는 더 이상 당신에게서 보호받을 수 없는 낯설고 거친 세계로 내몰린다. 당신이 따뜻하게 불러주던 '목화솜 같은 이름'이 지워지고 미묘한 심리적 동요와 머뭇거림 속에서 낯선 세계의 불안에 내몰린 '아찔한 단애'가 이를 단정적으로 보여주는 대목이기도 하다.

추억의 상실, 사랑의 훼손은 화자가 감당해내야 할 쓸쓸한 상실이며, 화자는 기꺼이 이를 온 마음으로 앓고 있다. 내면에서는 자신이 어찌할 수 없는 힘에 의해 이별이 운명 지어진 절망의 의식과 연계되어 있으면서, 보다 근본적인 존재론적 차원의 상실로까지 확대되어 있다. 그러나 화자는 이 무력감, 생의 텅 빈 공허에 맞서는 시인 특유의 재기를 보인다. 이루지 못한 사랑을 자신의 주머니가 얕기 때문이라며 스스로에게 책임을 지우는 화자는, 그 아픈 사랑의 "붉은 물집에 버물리를 슬쩍 발라두었"다고 한다.

이러한 기발한 환기는 과거의 기억과 상처로 현재의 삶 속으로 적극적으로 뛰어들지 못하고 삶의 외곽으로 떠돌며 고통의 과장된 몸짓에 급급한 작품들과는 전혀 다른 차원의 쾌감을 선사한다. 이전의 사랑으로 되돌아갈 수 없다는 상실감과 쓸쓸한 내면 풍경을 단박에 뒤집으면서 초연한 모습으로 이별의 무게를 버텨내는 화자의 모습은 스스로 삶을 지켜내고 아름다움으로 뒤돌아보게 하는 일종의 위안으로 작동하고 있다. "당신과의 추억엔 색깔이 없고" "부레옥잠은 슬며시 부레 없는 꽃을 피"웠지만 아직 "완성하지 못한 말들이 서랍 속에 분주"한 상황, 당신과의 이별을 외로운 견딤의 자세로 감내하려는 태도만은 아니다. 단단히 매듭진 고독을 넘어, 사랑의 미학적 승화라는 능동적인 사랑의 자세가 내포되어 있다. 당신에게 '목화솜 같은 이름'으로 불리고 싶었던 화자는 결국, '얕은 주머니'를 핑계로 이별을 받아들이고, 감내한다. 그러면서 '얕은 주머니'는 세속적 소유의 개념을 뛰어넘는 사랑을 의미하며, '버물리'는 이별로 어지러운 마음자리를, 화자가 자기 삶에 대한 건강한 애정으로 승화시키려는 매개로 활용된다.

　　장날
　　읍내로 가는 버스엔 엄마보다 비린내가 먼저 실렸다
　　엄마와 멀찍이 떨어져
　　땡땡이무늬 원피스 사오라고 손짓으로 말하고 등을 돌렸다

　　학교 파하고 계집애들은 튀김 집으로
　　나는 시장 귀퉁이에 서있었다

　　엄마가 살 터진 손으로 조개를 까는 동안

한 무더기 바지락껍데기 위로 첫눈이 내렸다

'바지락 사세유 바지락'

수건을 내려쓴 엄마는 늘어진 테이프 같은 떨이를 하고 있었다
어쩌면 시집살이를 떨이하고 있었는지도 모른다

집에 돌아온 엄마의 보자기 속엔 양조장집
숙이가 입었던 하늘거리는 땡땡이무늬 원피스는 보이지 않
았다

한참을 접어 올려야 손발이 보이는 남동생 옷가지
마른미역 두어 묶음과 파지사과 열댓 개
보자기를 밟고 다니던 참새발자국은 덤이었다

'원피스 장사가 지난겨울에 얼어 죽어서 못 왔대'

그날 밤
삐죽거리는 입술로 굴뚝에 기대어 별들을 바라보는 동안
호롱불 밑에서 재재거리던 사내애들의 별 볶는 소리와
사랑방에서 약주 냄새 짙은 잔소리가 뒤엉켜 쉬이 밤은 깊지
않았다

땡땡이무늬 별들은 너무 멀리서 반짝였다

— 「땡땡이무늬 원피스」 전문

유년의 삶의 테두리에서 화자는 일상적 삶의 구체적인 결보다는 자기 삶의 본질에 대한 관념적 탐색을 시도한다. 장날 읍내로 바지락 장사를 나간 엄마는 화자가 그토록 원하던 땡땡이무늬 원피스 대신에 '동생의 옷가지'와 "마른미역 두어 묶음과 파지 사과 열댓 개"만을 가지고 돌아오셨다. 그 시대의 정서적 유대감이 이러한 구체적 조건으로 우러나오긴 하지만, 삶의 충실한 풍속도처럼 시적 품위도 잃지 않는다. "원피스 장사가 지난겨울에 얼어 죽어서 못 왔대"라고 말하는 엄마의 말을 화자가 믿을 리가 없고, 엄마 역시 어린 딸이 그 말을 곧이곧대로 믿을 거라 생각하지 않지만, 화자인 어린 딸은 삶보다 원초적인 존재론적 차원의 문제로 이끌어 낸다. 살 터진 손가락으로 조개를 까는 엄마의 삶의 궤적은 "한 무더기 바지락 껍데기 위로" 내리는 첫눈에 덮이고, 참새 발자국 가득한 보자기에 덮인다. 삶에 대한 쓸쓸하고 고즈넉한 관조의 시선을 느끼게 되는 것도 사실이지만, 가난한 삶에서 벗어나고픈 욕망은 하늘의 별빛으로 발현된다.

가난에 의해 좌절되었던 유년의 아픈 기억에 그치는 것이 아니라 인간 삶에 대한 신뢰와 사랑을 잃지 않으려는 간절함도 동시에 보여준다. 즉 가난한 삶의 현실로부터 벗어나고 싶었던 욕망을 바탕으로 유년 시절에 대한 그리움과 회환이 그려져 있지만, 이는 현재의 시간에서 삶을 성찰하는 계기가 된다. 화자는 사실, 하늘거리던 땡땡이무늬의 원피스를 입었던 양조장집 숙이의 삶이 부러웠는지도 모른다. 자기 삶의 한계에서 벗어나고픈 내적 욕망과 그것의 불가능성을 확인하는 데서 오는 쓸쓸한 자의식이 이 작품의 기저음이다. 가난을 자기 삶의 조건으로 수락할 수밖에 없는 화자는 어린 남동생들이 티격거리는 소리와 약주 드신 아버지의 잔소리를 밤하늘 별빛으로 치환하면서 좀처럼 벗어날 수 없었던 가난을 "땡땡이무늬 별들은 너무 멀리서 반짝였다"고 하였다. 유년의 균열을 조용히 응시하면서 그 균열의 고통을 시적으로 미화시킨 것이다. 아마도 그때 화자가 봤던 그 땡땡이무늬 별은 지금은 잃어버린 삶의 진정성에 대한 열망일 지도 모른다.

묵은 냉장고가 말썽을 부린다
제 몸을 드나든 바다가 많아
윙윙 삐거덕거리며 파도가 친다
겹겹의 성에를 거두며
냉동실을 정리한다
이참에 단단한 나무 도마를 꺼낸다
무엇이든 올려주세요
해동이 어려운 파도건 잡생각이건
칼의 처분만 기다리는 도마
얼어붙은 고등어
단 한번이라도 도마에 오르면 끝장이다
실직한 가장의 손에 들려 꺼림칙하다는 듯
빤히 쳐다보는 동그란 눈
가장의 어설픈 손놀림에

칼의 각도가 어긋나자

여기저기 튕겨나가는 고등어의 반항

평생 칼 한번 제대로 잡아보지 못한 천성

빗금투성이 가장

칼질도 쉽지 않다며 두런두런 중얼거린다

칼자루를 쥔 자는 언제나 타인이었다

― 「고등어 가장」 전문

　시인은 안온한 일상적 삶에 가해지는 위해와 파탄이 어떤 동기에서 유발된 것이든 하나의 폭력이며, 그것을 개인적 이해의 반경 속에서 받아들이는 소시민적 내면 풍경을 고스란히 보여준다. 실직한 가장이 냉장고의 '얼어붙은 고등어'를 도마 위에 올려놓고 익숙하지 않은 칼질을 해대는 모습을 통해, 시인은 화자의 심리적 타당성을 찾아낸다. 현대를 살아가는 소시민적 삶의 양태란 한정된 계층의 범주를 넘어 현대적 삶의 일반적 풍속도를 이루어내는 것인데, 화자는 손에 익지 않은 칼질을 하는 실직 가장의 모습과 직장에서 실직을 당했을 때 칼자루를 쥐었던 타인을 동일한 위치에 겹쳐놓는다. 이때 시는 계층과 세대, 본질과 현상의 한계를 넘어서는 폭넓은 의미의 자장을 형성한다. 우리의 삶을 지배하고 있는 의도치 않는 한계 상황 속에서 한없이 왜소해지는 자아, 자질구레한 일상에서 부딪히며 끊임없이 갈등해야 하는 우리의 모습이 그 안에 녹아있는 것이다.

　현대 사회가 강요하는 삶에 대응하는 방식은 기실 다양하고 미묘한 개별적 편차를 지닐 수밖에 없지만, 유계자 시인은 욕망의 현실 속에서 삶에 되풀이되는 반성적 긴장을 놓치지 않는다. "칼자루를 쥔 자는 언제나 타인이었다"는 피동적 삶은 그의 자발적 선택에 의한 것이 아니었으며, 진정한 인간적 가치의 파괴와 맞물려 암담하고 절망적인 현실인식과 맞물려 있다. 시인은 이러한 부정적 현실을 뛰어넘기 위해 직관적 초월 대신에 삶의 공허함을 끊임없이 반추하려는 방식을 구사한다. "여기저기 튕겨나가는 고등어의 반항"과 "평생 칼 한번 제대로 잡아보지 못한 천성"은 화자와 고등어의 삶의 방식이 같지 않음을 보여주면서 오히려 화자의 심정 극단을 효과적으로 보여준다. 결국 고등어와 실장 가장을 묶어 '고등어 가장'이라 칭한 제목에서부터 이 작품은 현실적 고통과 세속적 욕망의 덧없음을 들여다보는 자의 비극적 달관의 무게를 얹고 있었던 것이다. 실직의 고통과 절망적 현실은 정신의 내성적 움직임 속으로 끊임없이 수렴되는데, 이러한 비극적 인식의 양상은 다음의 작품에서도 이어진다.

느티나무 밑에 찌그러진 양은냄비와 녹슨 가스레인지
물때 낀 바가지 눈금 빠진 헐렁한 저울
한 살림이다

누가 농가부채를 파산하고 야반도주했는지
급하게 벗어놓은 흙 묻은 장화는 여전히 대처를 향해 걷고
있다

나무 아래서 고단함을 씻던 고마움 잊지 못해

떠나기 전 세간이라도 한몫 챙겨주고 간 것일까

그늘의 무게와 새들의 노래를 빼고 도지로 넘기고 나면
바스락거리는 낙엽 몇 되뿐인 느티나무
한 살림 받았으니 올겨울은 든든하겠다

공짜로 얻은 살림을 저울 위에 올려보는데
소문이 소문을 물어가 참새 떼 우르르 살림 구경하러 온다

땅거미 들기 시작하면 늘어진 느티나무 가지가
쿡 버튼을 눌러
양은냄비에 보글보글 300년 묵은 기억이 끓어 넘치고
당분간 왁자한 집들이가 이어지겠다

벌써 줄무늬 다람쥐 볼주머니 가득 채우고 느티나무 대문을
두드린다

나는 저 문 밖에 서성거리다
다람쥐의 생으로 슬쩍 입주하고 싶다
― 「느티나무 집들이」 전문

유계자 시인은 현대 사회의 세속적 욕망을 비워내면서 자신에
게 지어진 세계의 무게도 함께 덜어내려고 한다. 우리가 살아내
는 현대사회가 근본적으로 자본주의적 욕망에 기초하고 있다면

문학은 그것이 명시적이든 암묵적이든 사회 비판적 울림을 갖는 다. 그 욕망의 무게를 덜어내려는 시인의 의식은 상상력의 가벼 움과 자유자재를 통해 자본주의적 사유의 경계를 넘나든다.

"문 밖에서 서성거리"는 화자는 느티나무 대문을 들락거리는 다람쥐의 생을 욕심낸다. 세속적 현실을 벗어나 정신의 순결한 정점을 향해 나가려는 의식의 반영이다. 도망치듯 떠난 누군가 의 살림살이가 "양은냄비와 녹슨 가스레인지"이든, "물때 낀 바 가지 눈금 빠진 헐렁한 저울"이든, "흙 묻은 장화"든, 느티나무 는 제 발밑에 놓인 그것들을 든든하게 받아낸다. 변화된 현실에 대한 시적 대응을 통해, 화자는 현재의 시간을 기댈 수 있는 공 간을 구축한다. 이제 추억이나 자연은 희망이나 미래를 꿈꾸는 장소가 아니며 절망을 들여다보며 절망을 견디는 장소일 뿐이 다. 이러한 사정을 잘 아는 화자이기에 슬쩍 다람쥐의 생을 넘보 는 것이 아니겠는가. 삶의 변방으로 밀려나거나 어디론가 사라 져버린 삶 속에서, 화자의 삶이 기댈 수 있는 존재의 공간은 다 람쥐가 드나드는 '느티나무', 300년의 기억을 지키고 있는 느티 나무뿐이다.

느티나무는 현실에서 상처받은 이들이 찾아드는, 휴식의 적 막이 깃든 일종의 피난처이며, 화자는 자신의 마음이 거처할 피 난처를 찾는 심리 안쪽에서 식물 지향적 성격의 정적 욕망도 함 께 찾아낸다. 자연과의 동화된 삶을 꿈꾸는 화자는 현실 세계의 욕망을 벗어던지고 정지된 세계, 버려진 욕망을 거두는 상징으 로서 식물성의 이미지인 '느티나무'를 선택한 것으로 읽어낼 수 있다. 느티나무는 "그늘의 무게와 새들의 노래를 빼"고 나면 기껏 "바스락거리는 낙엽 몇 되뿐인" 무념의 경지에 놓여있기 때문이다.

모래밭에 구령을 맞추는 갯메꽃이 있지
바다를 향해 나팔 하나씩 빼어 물면

자갈자갈 거품 문 게들이 발바닥에 짠 내음을 불러들이지
뱃길을 따라갔던 갈매기들이
먼 바다에서 아직 돌아오지 않는 안부를 더러 물고 오지

외할머니가 가르쳐준 대로
갯메꽃 입술 가까이 대고 따개비 같은 주문을 외워

오래오래오래

숨 한번 크게 들이쉬고 중얼거리면
메꽃 속에서 긴 밧줄을 타고 꽃씨 닮은 개미들이 줄줄이 기어 나오지

하나 둘 개미를 세며 기다려 줘야 해
외삼촌을 기다리던 외할머니처럼

그러는 동안 밀물이 찰싹찰싹 발등을 간질이지
눈물 비린내 묻은

오늘도 남은 사람들은 혼자 갯메꽃 주문을 외우며
물수제비를 던지지
퐁퐁퐁 물발자국 딛고 오라고

해가 지도록 오래오래오래
— 「오래오래오래」 전문

　표제시이기도 한 이 작품은 유계자 시인이 지닌 시적 매력을 가
장 잘 드러내고 있는 작품 중 하나이다. 이별하고 소멸해가는 것
들에 대한 눈물겨운 견딤과 기다림의 일련의 자세는 화자가 지닌
정제된 슬픔의 완성도를 더욱 높여준다. 이 슬픔은 과한 엄살처
럼 외부로 발산되는 것이 아니라 오랜 침묵 속에 삭여진 것으로,
고통과 외로움을 조용히 감내하면서 겸허하고 내면적 응시의 자
세를 화자에서 자연스럽게 부여한다. 바닷가에 피어난 갯메꽃은
얼핏 나팔꽃처럼 보이기도 한다. 그 꽃을 바라보며 "먼 바다에서
아직 돌아오지 않는 안부를" 묻는 이의 마음은 어떠할까. 갯메꽃
의 고요하고 아늑한 정적은 바다라는 격정의 공간과 '오늘'이라
는 시간 속에서 시인만의 견딤의 방식을 보여준다. 그리고 "눈물
비린내 묻은" 외할머니의 심정을 감히 헤아리는 화자의 마음 역
시 가없는 연민에 가라앉아 있음도 보여준다. 바다 저편에서, 아
직 돌아오지 않은 이들이 돌아올 수 있도록 "퐁퐁퐁 물발자국 딛
고 오라고" 물수제비를 던진다는 발상은 남겨진 이들의 아픔을
끌어안고 그것을 넘어서려는 내면 풍경의 절제된 외화이다.

혼자 남아 기다려줘야 하는 비극적 숙명은, 바다에 가로막힌 이별 끝에서 미련을 쉽게 버리지 못하고 "해가 지도록 오래오래 오래" 바라보는 마음으로 비유된다. 이 마음은 소박하고 쓸쓸한 기다림이면서도 사랑과 연민을 불러일으키는 시인만의 독특한 방식이며 시인만의 시적 탐색이다. 갯메꽃에 대한 정교하면서도 세밀한 관찰과 표현이 빛을 발하면서, 시인은 남은 사람들이 돌아오지 않은 이들을 기다리는, 아리고 다감한 기다림의 단면을 세상의 온기로 그대로 옮겨낸다. 시인은 기다림이라는 안일한 사유에서 벗어나 '물수제비'라는 독특한 방식을 차용하여 기다림의 깊이를 만들어내고 있다.

　　　때 지난 달력 속에서
　　　조롱조롱 매달린 때죽나무꽃 하얀 종소리가 잘랑거린다

　　　날은 저물고
　　　바닥을 치고 있는 시간은 차갑게 식어갈 뿐

　　　당신과 환했던 날들은 품절에 가깝고
　　　부풀어 오르는 건 볼록해진 나이뿐이다

　　　더러는 다른 사람으로 살고 싶을 때도 있었다

　　　보이는 것은 흐려지고
　　　호명한 이름들은 자주 자리를 바꾸는데

음악은 볼륨을 높여야 귀에 들리고 담력은 허물어지고 있다

실금만 닿아도
열매의 둥근 길이 미끄러져
달력 속으로 주르륵 흘러내렸다

벽에 조랑조랑 매달린 때죽나무 종소리
분명 떼로 몰려올 푸른 봄이라고 중얼거린다

밖에서는 자선냄비가 울리고 12월이 남은 종을 치고 있다
　　　　　　　　　　　　　　　　　　—「12월」 전문

　얼핏 이 작품은 미래 지향적인 모습보다는 과거 지향적 모습
을 지니고 있는 것처럼 읽힌다." 조롱조롱 매달린 때죽나무꽃
하얀 종소리"는 추억에로의 회귀와 유사한 심리적 경향을 보이
고 있어서 변화에의 의지가 아닌 복귀에의 의지에 더 가깝다. 그
러나 시인은 사실 이러한 비관적 회의에 정면으로 맞선다. "바
닥을 치고 있는" "차갑게 식어갈 뿐"인 시간에 맞서 시간 밖의 대
상들을 자신의 욕망 내부로 끌어들인다. 비록 "당신과 환했던
날들은 품절에 가깝"고, 예전과 달리 눈도 흐리고 이름도 헷갈
리고 마음도 여려졌지만, 화자의 마음 끝자락은 애써 "떼로 몰
려 올 푸른 봄"이라는 위안에 가닿는다. 시간은 마치 가속도 붙
은 운동체처럼 걷잡을 수 없는 속도로 지나치지만 이를 지켜보
는 화자는 "더러는 다른 사람으로 살고" 싶었던 욕망을 감추지

않는다. 유일한 일회성의 삶을 살면서, 다른 삶을 꿈꾸는 인간의 욕망은 부질없는 것으로 치부되지만, 화자는 그것을 포용의 자세로 받아들여 시간 속에서 스스로를 무한히 여는 자세를 갖춘다. 즉 시간과 욕망의 연장선상에서 시를 읽어내는 것이 아니라 개인의 누적된 시간 속에서의 원초적 욕망을 감추지 않는다는 것이다.

인위적 욕망을 거둬내고 인간의 본질적 욕망을 자연에의 갈망으로 치환하는 시적 자세는 그의 세계관을 규정짓는 보이지 않는 내적 원리로 녹아든다. '푸른 봄'이라는 원초적 생명성과 자유로운 도취의 상태에 도달하고픈 화자의 갈망은, 욕망의 허구성을 드러내는 동시에 시간적 단절과 현실의 제한을 뛰어넘고 싶은 정신적 상태를 보여준다. 소멸될 운명에 대한 불안, 고정된 의미의 거부는 욕망을 의미화하려는 충동보다는 이미 규정되어 버린 운명적 질서를 확인하고 이를 무의식적으로 무너뜨리고 싶은 욕망에 더 가깝다고 할 수 있다. 관습화된 시간의 틀을 거부하는 탄력적 상상력과 재치 있는 언어적 율동의 이 작품은 유계자 시인이 지니고 있는 다채롭고 즉물적인 세계의 한 장면이기도 하다.

시집 『오래오래오래』에는 기존의 서정이 주는 감흥과는 다른 어떤 시적인 것이 느껴진다. 유계자 시인은 우리 시대의 서정의 기류를 머금고 있으면서도, 자신만의 독특한 숙명적 비애 혹은 실존의 아우라를 넘어서는 지점을 향하고 있다. 서정적 자아니 세계의 자아화니 하는 관념적 틀에서 벗어나 시인이 마주한 대상을 자기화하는 과정에서 시적인 것을 발생시키며 겉은 뜨겁고 속은 서늘한 자신만의 이중적 조형법을 체득한 것이다

과거의 인연이 지금의 현재로 무한히 이어지는 자연의 섭리를 받아들이며, 영원에 대한 탐색을 통해 현실의 집착에서 벗어나는 그의 시작업은 갑남을녀가 부대끼는 일상적 삶의 자리에서 영원한 진리를 추구하는 일이며 그 과정을 통해 자아의 상승을 도모하는 수행과 실천의 과정이라고 할 수 있다. 유계자 시인은 현재의 일상에서 되돌아보고 재구성하는 과거와 현재 실존의 삶을 성찰하고자 하는 시적 태도를 견지함으로써, 자신만의 시적 발화와 시적 윤기를 자아낸다. 현재를 살아가는 우리는 결국 다수의 타인으로 흩어질 존재이지만 시인은 언어 하나하나를 통해 시의 얼개를 모으고 현실의 세속성을 부정하지 않고 일상적 삶의 가치를 인정하면서 낭만적 몽상으로 영원을 설계한다. 무엇보다 시적인 정서의 공감을 바탕으로 세상의 한계를 넘어서고자 하는 우아한 시적 고양은, 세상의 굴레에 갇힌 우리 마음을 해방시키는 미적 쾌감을 선사해준다. 이런 의미에서 유계자 시인의 시쓰기는 스스로에게는 고독과 외로움에 대한 수행과 실천의 과정이겠지만 독자에게는 영혼을 단련시키는 새로운 서정의 연금술이라 할 수 있겠다.

유계자 시집

오래오래오래

발　　행 2019년 11월 25일
지 은 이 유계자
펴 낸 이 반송림
편집디자인 김지호
펴 낸 곳 도서출판 지혜 • 계간시전문지 애지
기획위원 반경환 이형권 황정산
주　　소 34624 대전광역시 동구 태전로 57, 2층 도서출판 지혜 (삼성동)
전　　화 042-625-1140
팩　　스 042-627-1140
전자우편 ejisarang@hanmail.net
애지카페 cafe.daum.net/ejiliterature

ISBN : 979-11-5728-377-4 03810
값 10,000원

* 이 책은 세종특별자치시와 세종문화재단의 후원으로 지원 받아 발간되었습니다.

유계자

유계자 시인은 충남 홍성에서 태어났고, 2016년 『애지』로 등단했다. 한국 방송
통신대학 국어국문학과을 졸업했고, 2013년 웅진문학상(시부문)을 수상했다.
유계자 시인의 첫 번째 시집인 『오래오래오래』는 뚜렷한 외부적 사건이나 극적
서사에 의존하기 보다는 화자의 마음속에 불러일으킨 미묘한 심리적 파장 속으
로 깊숙이 파고들어가는 내성적 경향이 두드러진다. 마치 고요한 호수에 던져
진 돌의 파문처럼 시인 내면의 내밀한 무늬들을 그려나감으로써 추억을 반추하
고 오늘의 의미를 되새김질한다. 이때 사용되는 시적 암시성과 독특한 비유적
울림은 독자들의 풍부한 정서적 감응을 요구하면서 감동의 파장을 더욱 풍성하
게 해준다. 또한 유계자 시인의 시어들은 그저 독립된 지시적 의미로 고정되어
있는 것이 아니라 각각의 시어들로부터 퍼져나가는 정서적 울림의 동심원들이
서로 부딪치고 겹쳐지면서 시인만의 아련하고 쓸쓸한 내면의 시적 공간을 구축
하고 있다.

이메일: poem-y@hanmail.net